AF382671

Analyse de l'œuvre

Par Noé Grenier

La Dame aux camélias

d'Alexandre Dumas fils

Rendez-vous sur lepetitlitteraire.fr et découvrez :

Plus de 1200 analyses
Claires et synthétiques
Téléchargeables en 30 secondes
À imprimer chez soi

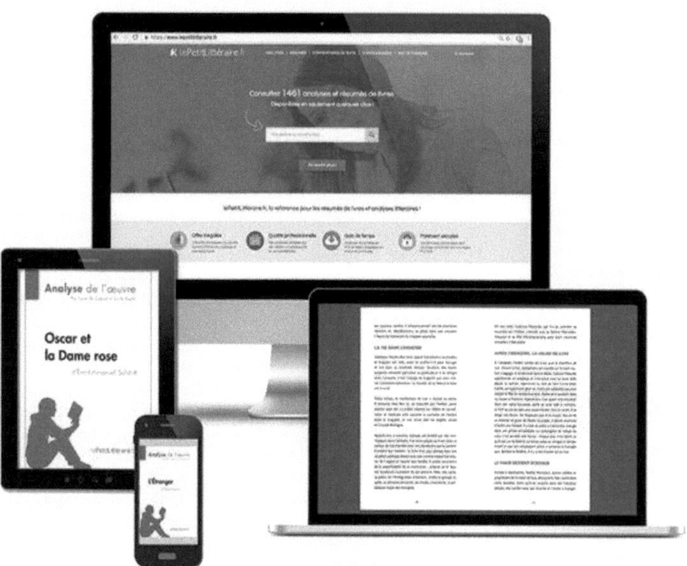

ALEXANDRE DUMAS FILS

ÉCRIVAIN FRANÇAIS

- **Né en 1824 à Paris**
- **Décédé en 1895 à Marly-le-Roi**
- **Quelques-unes de ses œuvres :**
    - *L'Affaire Clemenceau, Mémoire de l'accusé* (1866), roman
    - *Le Fils naturel* (1858), pièce de théâtre
    - *Un père prodigue* (1859), pièce de théâtre

Alexandre Dumas fils porte le même nom que son père, le célèbre auteur des *Trois mousquetaires*. Avec *La Dame aux camélias*, paru en 1848, il se distingue comme un écrivain talentueux et sort de l'ombre de son père. De son vivant, il a été principalement reconnu pour ses œuvres théâtrales, bien qu'il ait écrit de nombreux romans. Son œuvre se distingue par un style travaillé et des phrases ciselées et pleines d'esprit, particulièrement propices au théâtre. Il a été très proche du réalisme en littérature. Son œuvre se distingue par son caractère moralisateur et la critique qu'il fait de son époque.

LA DAME AUX CAMÉLIAS

L'AMOUR IMPOSSIBLE D'UNE COURTISANE PARISIENNE AU XIXE SIÈCLE

- **Genre :** roman
- **Édition de référence** : *La Dame aux camélias*, Paris, Le Livre de Poche, 1975, 285 p.
- **1re édition :** 1848
- **Thématiques :** amour, réalisme, vie parisienne, XIXe siècle, courtisanes, jalousie

La Dame aux camélias a été écrit par Alexandre Dumas fils après la mort de son ancienne maitresse et premier amour, Marie Duplessis, une courtisane très en vue du milieu mondain de Paris au milieu du XIXe siècle. Ce roman, considéré comme un des précurseurs du réalisme, a été adapté au théâtre par l'auteur lui-même. Devenu un classique de la littérature, il a été adapté sous de nombreuses formes (opéra, cinéma, ballet). Le roman met en scène les amours d'Armand Duval, un jeune homme passionné et Marguerite

Duval, une « femme entretenue ». Leur relation est compromise par le passé de Marguerite, qui les rattrape sans cesse, soit à travers la jalousie d'Armand, soit à travers la désapprobation du père de ce dernier.

RÉSUMÉ

ALEXANDRE DUMAS RENCONTRE ARMAND DUVAL

L'histoire débute à Paris en 1847. Dans les premiers chapitres, Alexandre Dumas fils est le narrateur. Il raconte qu'il apprend la mort d'une courtisane célèbre, Marguerite Gautier. Cette femme étant morte criblée de dettes, une vente aux enchères de ses biens personnels est organisée. Le narrateur s'y rend pour assister à l'événement. Beaucoup de dames du « Tout-Paris », nobles et bourgeoises respectables, y sont présentes. Elles viennent par curiosité, pour avoir un aperçu du train de vie scandaleux d'une femme « entretenue » et dans l'espoir de pouvoir s'approprier un des nombreux objets de luxe que les amants de Marguerite Gautier lui ont offerts au cours de sa vie. Alexandre Dumas achète à prix d'or un livre, *Manon Lescaut*, dans lequel figure un mot d'un certain Armand Duval.

Plus tard, Alexandre Dumas fils fait la rencontre d'Armand Duval, qui se présente chez lui pour racheter le livre qu'il avait lui-même offert à la défunte Marguerite Gautier. C'est ainsi que les deux jeunes hommes se lient d'amitié : Dumas apprend qu'Armand Duval avait été un des nombreux amants de Marguerite Gautier. Ce dernier semble particulièrement affecté par la mort de son ancienne maitresse. Il explique à Alexandre Dumas fils qu'il a l'intention d'acheter pour elle une concession à perpétuité dans le cimetière de Montmartre. En fait, c'est le seul moyen qu'il a trouvé pour voir le cadavre de la jeune femme. En effet, il était absent au moment de son décès et il a besoin de voir son corps sans vie pour accomplir son deuil. Armand Duval parvient finalement à apercevoir le cadavre déjà en cours de décomposition de son ancienne maitresse. Le choc le rend gravement malade et Alexandre Dumas fils veille à son chevet. C'est alors qu'Armand Duval commence à lui raconter son amour pour la courtisane Marguerite Gautier, connue à Paris comme la Dame aux camélias.

ARMAND DUVAL RENCONTRE MARGUERITE GAUTIER

À partir de ce moment, Armand Duval devient le narrateur de l'histoire. La première fois qu'il rencontre Marguerite Gautier, c'est en se promenant place de la Bourse. Il l'aperçoit entrer dans une boutique et est tout de suite frappé par sa grâce et sa grande beauté. Il n'ose l'aborder. Quelques jours plus tard, alors qu'il se rend à l'Opéra-Comique avec un ami, Armand Duval aperçoit Marguerite dans une loge en face de la sienne. Il demande à son ami, qui connait la Dame aux camélias, de la lui présenter. Cette première rencontre ne se déroule pas selon le goût d'Armand, puisque Marguerite se moque gentiment de lui et qu'il se ridiculise, vexé par cette moquerie. Néanmoins, Armand la suit discrètement après la représentation, jusque devant chez elle. À partir de ce moment, le jeune homme développe une obsession pour Marguerite, qu'il croise souvent.

Un jour, Armand apprend qu'elle est malade de la tuberculose et il prend régulièrement de ses nouvelles auprès de personnes capables de le renseigner. Comme la Dame aux camélias ne quitte plus ses pensées, Armand décide de la rencontrer à nouveau. Un soir, au théâtre des Variétés, il l'aperçoit en compagnie d'une dame d'une quarantaine d'années, une ancienne courtisane nommée Prudence Duvernoy. Il l'aborde et apprend qu'elle est la voisine de Marguerite Gautier. Armand lui demande alors de le présenter à Marguerite. Prudence accepte et il est convenu que lui et son ami Gaston, qui l'accompagne ce soir-là, aillent ensemble chez Prudence. Ce soir-là, Marguerite Gautier reçoit la visite d'un de ses prétendants, le comte de G., qui l'ennuie terriblement. Elle demande à Prudence de la rejoindre chez elle et accepte qu'elle y vienne avec ses deux invités. C'est ainsi qu'Armand se retrouve chez Marguerite Gautier. Après s'être distingué auprès d'elle par ses traits d'esprit, il lui apprend qu'il est le jeune homme mystérieux qui a pris régulièrement de ses nouvelles pendant sa maladie. Au cours de cette soirée, il finit par la séduire et lui avoue ses sentiments. La courtisane accepte de devenir sa maitresse et lui donne rendez-vous pour le lendemain.

ARMAND ET MARGUERITE DEVIENNENT AMANTS

Armand et Marguerite passent deux premières nuits d'amour ensemble, mais le jeune homme vit mal le fait que sa maitresse soit officiellement liée à un duc qui l'entretient et que le comte de G., son ancien amant, lui fasse encore une cour assidue. Prudence, l'amie et confidente de Marguerite, s'efforce de raisonner Armand : la jeune femme est une courtisane, elle s'offre à de riches prétendants en échange de cadeaux, d 'avantages matériels et d'argent. Pour Prudence, Armand ne doit rien attendre d'autre qu'une aventure passagère, bien qu'Armand et Marguerite soient amoureux. Mais Armand est rongé par la jalousie et le troisième soir, alors qu'il se rend compte que Marguerite passe la nuit avec le comte de G., il décide d'écrire une lettre de rupture ironique et diffamante à Marguerite, tout en espérant une réponse ou une réaction de sa part.

Finalement, comme Marguerite ne lui répond pas, Armand, poussé par l'orgueil et la jalousie, décide de quitter Paris pour retourner chez son père. Mais tout jaloux qu'il soit, il n'en est pas moins follement amoureux et par l'entremise de Prudence, il écrit une lettre à Marguerite pour lui présenter ses excuses. Celle-ci se présente chez lui juste avant qu'Armand ne quitte Paris. Armand se jette aux pieds de Marguerite pour implorer son pardon. Quand Armand lui explique sa jalousie, Marguerite lui répond : « Eh bien mon ami, il fallait m'aimer un peu moins ou me comprendre un peu plus » (p. 145). Finalement Marguerite pardonne sa jalousie à Armand, après lui avoir bien expliqué les obligations d'une courtisane et lui avoir rappelé l'amour qu'elle lui porte.

Dès lors, Armand décide de changer sa vie et sa façon de voir les choses pour pouvoir accepter le train de vie scandaleux de sa maitresse. Il est dévoré par l'amour et a grand mal à étouffer sa jalousie. Il commence à mener un train de vie effréné, où ses rendez-vous galants alternent avec des fêtes et des parties de jeu d'argent. Il ne dort presque plus et ne vit plus que pour sa passion avec Marguerite. À l'occasion d'une journée passée à la campagne, le couple aperçoit une maison qui lui plait. Marguerite décide de demander au duc qui la « protège » de louer cette maison, sous prétexte de s'éloigner de la vie immorale de Paris.

Le duc accepte volontiers de louer la maison à Bougival, voyant là l'occasion de préserver sa protégée d'une vie de débauche. Mais pour Marguerite, il s'agit d'un stratagème pour pouvoir vivre plus librement sa relation avec

Armand. Finalement le duc apprend le scandale et abandonne Marguerite. La Dame aux camélias doit renoncer au luxe auquel sa vie de courtisane l'avait habitué. Elle fait ce sacrifice par amour pour Armand et revend en cachette ses bijoux et ses richesses pour rembourser les dettes apparues après que le duc ait arrêté de subvenir à ses besoins. Malgré les problèmes d'argent, Armand et Marguerite se vouent un amour sincère et vivent les plus beaux jours de leur amour à Bougival. Ils finissent par se promettre un amour loyal et décident de revenir à Paris pour s'y installer ensemble.

LE PÈRE D'ARMAND INTERVIENT

C'est alors que le père d'Armand arrive à Paris. Il a appris la relation qu'entretient son fils avec une courtisane réputée et compte l'empêcher pour préserver l'honneur familial. Il essaye d'abord de dissuader Armand, mais sans succès. Un jour qu'il revient de chez son père, Armand retrouve la maison vide. Il part à la recherche de Marguerite et reçoit une lettre d'elle lui apprenant qu'elle le trompe et qu'il faut qu'ils se quittent. Il est dévasté par le chagrin et quitte Paris pour se rendre chez son père. Bien que rétabli, il continue de penser à Marguerite et décide de retourner à Paris.

Là, il recroise Marguerite avec une autre femme très belle et décide de se venger. Il séduit cette de Marguerite, Olympe, et se montre publiquement avec elle. Sa relation avec Olympe attriste beaucoup Marguerite. Finalement, elle rend visite à Armand et lui demande de cesser son jeu cruel. Le jeune homme apprend alors que Marguerite est retombée gravement malade. Ils passent ensemble une nuit d'amour à la suite de laquelle Marguerite promet à Armand qu'elle pourra toujours être sa maitresse, mais pas sa compagne. Le lendemain, Armand tente de revoir Marguerite, mais celle-ci se trouve avec le comte de G. Fou de rage, il lui écrit une lettre insultante et part voyager en Égypte.

L'AGONIE DE MARGUERITE

La suite de l'histoire n'est pas contée par Armand. Alexandre Dumas fils nous relate que ce dernier s'endort après avoir confié au narrateur les journaux écrits par Marguerite après son départ, et qui lui ont été confiés après sa mort. Dans ces journaux, Marguerite se confie à Armand. Elle lui avoue la raison de leur rupture : elle avait reçu la visite de son père, qui l'avait convaincue de le quitter pour le bien de sa famille.

Le fait qu'Armand entretient une relation amoureuse avec une courtisane compromettait l'honneur de sa famille et empêchait sa sœur de trouver un mari. Finalement, c'est par amour pour Armand que Marguerite a été convaincue de le quitter. Dans la suite du journal, elle décrit son agonie et ses doutes : souffrante et solitaire, elle se demande où se trouve son amant et souhaite son retour, qui faciliterait selon elle sa guérison. Par-dessus tout, elle espère que le jeune homme lui pardonnera la souffrance qu'elle lui a causé. Finalement, Marguerite meurt sans avoir revu Armand, toujours en Égypte.

ÉTUDE DES PERSONNAGES

ARMAND DUVAL

Homme passionné et émotif, Armand Duval est le personnage principal de cette histoire, avec Marguerite Gautier. Dans le roman, il est l'ami d'Alexandre Dumas fils et l'amant de la jeune fille. Il est décrit comme un jeune homme d'une vingtaine d'années, grand, pâle et aux cheveux blonds. On le devine suffisamment avenant pour avoir attiré l'attention de Marguerite Gautier, la Dame aux camélias. Lorsqu'il rencontre Alexandre Dumas fils, alors qu'il porte le deuil de son grand amour, Armand est littéralement malade de chagrin : il a de la fièvre, pleure sans cesse et s'évanouit à plusieurs reprises. Issu d'une famille bourgeoise de province, il a été envoyé à Paris par son père pour suivre une formation d'avocat ou de médecin. Il vit grâce à l'héritage de sa défunte mère et une pension que lui verse son père.

À Paris, il se laisse aller à la vie mondaine, fréquente les théâtres et les opéras, où il rencontre Marguerite Gautier. C'est son amour fou et sa sincère inquiétude pour la santé et le bonheur de la jeune fille qui séduisent cette dernière. Armand est bien conscient qu'il tombe amoureux d'une courtisane au passé sulfureux et qui fréquente encore d'autres amants. Pourtant, il ne parvient pas à se résoudre à cette idée et ne peut s'empêcher de faire preuve d'une terrible jalousie. Cette jalousie, dont il ne parvient jamais vraiment à se débarrasser, le fait souffrir beaucoup et constitue la trame de sa relation avec Marguerite, dont elle menace sans cesse la stabilité. En effet, c'est la jalousie qui le pousse à quitter Marguerite une première fois, c'est encore elle qui le fait douter alors que Marguerite veut abandonner sa vie de courtisane pour lui. Enfin, c'est la jalousie et l'orgueil qui le poussent à faire souffrir Marguerite, qui ne trouve pas la force de combattre à la fois la maladie et la tristesse et finit par succomber.

Armand est aussi un fils aimant et loyal. Lorsque son père veut s'opposer à sa relation avec Marguerite, Armand est pris de doute. Finalement il se réfugie chez son père alors qu'il est victime du stratagème de ce dernier pour le séparer de Marguerite.

MARGUERITE GAUTIER

Marguerite est décrite comme une femme d'une beauté exceptionnelle. Elle est grande et mince, avec de longs cheveux noirs. Puisque la beauté de Marguerite est un des éléments-clés du roman, peut-être faut-il laisser à l'auteur le soin de décrire son visage, avec le talent qui le caractérise :

> « Dans un ovale d'une grâce indescriptible, mettez des yeux noirs surmontés de sourcils d'un arc si pur qu'il semblait peint ; voilez ces yeux de grands cils qui, lorsqu'ils s'abaissaient, jetaient de l'ombre sur la teinte rose des joues ; tracez un nez fin, droit, spirituel, aux narines un peu ouvertes par une aspiration ardente vers la vie sensuelle ; dessinez une bouche régulière, dont les lèvres s'ouvraient gracieusement sur des dents blanches comme du lait ; colorez la peau de ce velouté qui couvre les pêches qu'aucune main n'a touchée, et vous aurez l'ensemble de cette charmante tête. » (p.28)

Marguerite est une courtisane, une « femme entretenue ». À cette époque, dans les milieux mondains de Paris, certaines femmes vivent au contact de la haute société parmi laquelle elles prennent les amants. Elles échangent leurs grâces contre des avantages matériels : des cadeaux, mais aussi de l'argent. Il ne s'agissait pas de prostitution comme on peut l'entendre aujourd'hui : ces femmes choisissaient librement leurs amants, et ne facturaient pas des prestations sexuelles. Il s'agirait plutôt de relations amoureuses intéressées. Dans ce roman, Marguerite est la courtisane la plus convoitée de Paris. Elle est surnommée la Dame aux camélias, car elle est toujours parée de ces fleurs. Elle se distingue des autres courtisanes de son époque par sa grandeur d'âme et sa noblesse.

Au cours du roman, Marguerite tombe amoureuse d'Armand Duval. Elle décide alors d'abandonner sa vie de courtisane et de sacrifier sa fortune et son avenir pour Armand. Elle révèle ainsi une loyauté et une force de volonté que personne ne soupçonnait chez une courtisane. Malheureusement, la réputation d'une courtisane la poursuit toujours. Les pressions sociales de l'époque entravent son amour pour Armand. Lorsque le père d'Armand lui explique qu'à cause de sa condition de courtisane, Marguerite ne peut que nuire à Armand en l'aimant, Marguerite se laisse convaincre. C'est là qu'elle consent le plus haut sacrifice, qui lui coutera l'amour d'Armand et sa vie : elle décide de renoncer à son amour pour Armand et de retourner à sa vie de courtisane. Elle en tombe malade et meurt de la tuberculose, dans la plus amère solitude.

PRUDENCE DUVERNOY

Prudence est la voisine et amie de Marguerite. C'est une femme d'une quarantaine d'années, ancienne courtisane qui a perdu ses charmes. Au moment de la narration, elle est modiste, mais ne parvient pas à vendre beaucoup de ses articles. En fait, elle vit aux dépens de Marguerite Gautier. Marguerite lui « prête » de l'argent qu'elle ne cherche jamais à récupérer, elle lui achète des chapeaux qu'elle ne porte jamais et lui donne les cadeaux de ses amants qui ne l'intéressent pas. Prudence est aussi la confidente de Marguerite et c'est grâce à elle que Armand Duval parvient à rencontrer et à séduire Marguerite Gautier.

Malgré la générosité de Marguerite à l'égard de Prudence, cette dernière l'abandonne quand

Marguerite a le plus besoin d'elle. Prudence cesse de voir Marguerite quand celle-ci agonise, criblée de dettes et sans ressources. Il n'y a pas de description physique de Prudence, même si on sait qu'elle est « grosse » (p77). Comme les autres personnages secondaires de ce roman, elle est assez peu développée. Avec ses discours moralisateurs sur l'impossibilité d'aimer une courtisane et son amitié intéressée, elle sert surtout à mettre en lumière la grandeur d'âme, la générosité désintéressée et le caractère aimant de Marguerite Gautier.

M.DUVAL

Monsieur Duval est le père d'Armand. Il arrive à Paris dès qu'il est mis au courant de la relation amoureuse de son fils avec une courtisane réputée. Il va tout faire pour s'opposer à cette relation et préserver l'honneur de sa famille. En effet, il veut marier sa fille et la famille du futur marié refuse d'accepter le mariage en sachant que le frère de la mariée entretient des relations scandaleuses avec une femme entretenue. Il finit par convaincre Marguerite de quitter Armand, sans que ce dernier ne soit au courant de la machination.

Aucune description physique n'est donnée de lui, et le personnage est peu développé dans le roman. Monsieur Duval est l'incarnation de la morale bourgeoise de l'époque. À travers lui, c'est la vocation à l'amour et au bonheur des courtisanes qui est récusée au nom des valeurs morales de l'époque. C'est finalement lui qui décide qu'une femme au passé trop scandaleux ne peut pas vivre le bonheur d'un amour véritable.

OLYMPE

Olympe est une courtisane. Une très belle jeune femme aux yeux bleus, blonde et mince. Armand la séduit pour faire souffrir Marguerite. Olympe a un caractère futile et intéressé. Elle comprend qu'Armand la séduit pour faire souffrir Marguerite, et elle redouble de méchanceté envers cette dernière pour plaire à Armand. Par contraste, Olympe, courtisane comme Marguerite, fait ressortir la noblesse et la bonté de cette dernière.

CLÉS DE LECTURE

L'HISTOIRE VRAIE DE MARIE DUPLESSIS

La Dame aux camélias est un roman. Pourtant, il se rapporte à des personnages réels et à une histoire vraie. L'auteur l'annonce en début de roman :

> « N'ayant pas encore l'âge où l'on invente, je me contente de raconter. J'engage donc le lecteur à être convaincu de la réalité de cette histoire dont tous les personnages, à l'exception de l'héroïne, vivent encore » (p.17).

Marguerite Gautier est en fait l'avatar d'une courtisane ayant réellement existé, Marie Duplessis. Alexandre Dumas fils, l'auteur de ce livre, a été son amant. *La Dame aux camélias* évoque l'amour d'Alexandre Dumas fils pour Marie Duplessis, mais tous les événements du roman ne correspondent pas à l'histoire d'amour réelle. Par exemple, Alexandre Dumas fils et Marie Duplessis n'ont jamais vécu d'amour idyllique à Bougival, comme Armand et Marguerite dans le roman. En fait, l'histoire d'amour entre Alexandre Dumas fils et Marie Duplessis était bien moins glorieuse que celle décrite dans le roman, si l'on en croit les commentateurs.

Comme dans le roman, Alexandre Dumas fils rencontre Marie Duplessis pour la première fois place de la Bourse, où il est frappé par sa beauté. Il l'aborde quelques années plus tard, en 1844, au théâtre des Variétés. Leur relation s'arrête en 1845 après une dispute. Alexandre Dumas fils lui adresse alors une lettre : « Ma chère Marie, Je ne suis pas assez riche pour vous aimer comme je voudrais, ni assez pauvre pour être aimé comme vous voudriez. Oublions donc tous deux, vous un nom qui doit vous être indifférent, moi un bonheur qui me devient impossible ». Alexandre Dumas fils retranscrit cette lettre telle quelle dans le roman, lorsqu'Armand rompt pour la première fois avec Marguerite (p. 134)

Suite à cette lettre, Marie Duplessis devient la maitresse du compositeur et pianiste hongrois Franz Liszt. Comme Marguerite, elle est aussi morte d'une tuberculose, à Paris en février 1847, alors qu'Alexandre Dumas fils était en voyage à Marseille. Ce dernier écrit *La Dame aux camélias* en un mois. Le livre parait en 1848. Le père d'Armand ne correspond pas non plus au père d'Alexandre Dumas fils, puisque Alexandre Dumas était réputé pour sa vie dissolue et ses mœurs relâchées.

Dans le roman, Alexandre Dumas fils se dédouble : il devient l'interlocuteur de son personnage, Armand Duval, qui incarne pourtant l'auteur de la même façon que Marguerite Gautier incarne Marie Duplessis. À ce titre, il faut noter que le personnage Armand Duval et son auteur partagent les mêmes initiales : A.D., preuve qu'Alexandre Dumas fils était bien conscient du procédé littéraire qu'il employait.

RÉALISME ET CRITIQUE SOCIALE

Un roman réaliste

La Dame aux camélias est souvent considéré comme un précurseur du roman réaliste. En effet, on date habituellement l'émergence du réalisme en littérature à partir de 1850, après le coup d'État de Napoléon III. Ce courant littéraire se fixe comme objectif de décrire la réalité sociale de l'époque et les individus : il doit être une reproduction du réel la plus fidèle possible. Les thèmes fictionnels et héroïques sont abandonnés, au profit de la description sociale : le réalisme évoque le travail, l'importance grandissante de l'argent dans la société du 19e siècle, ainsi que les relations amoureuses.

Le roman réaliste, puisqu'il décrit la réalité, a aussi une visée philosophique. En effet, nous verrons plus loin que l'œuvre d'Alexandre Dumas fils porte en elle une fonction moralisatrice. Parmi les auteurs les plus importants qui se rattachent à se courant, nous pouvons peut compter Honoré de Balzac (1799-1850), Gustave Flaubert (1821-1880) ou encore George Sand (1804-1876), amie proche d'Alexandre Dumas fils. Ce courant donnera ensuite naissance au naturalisme dont le chef de file, Émile Zola (1840-1902), décrit la condition ouvrière de son époque. Il faut enfin noter que ces courants littéraires ont eu une grande influence dans l'histoire des idées, puisqu'ils ouvriront la voie à l'émergence de la sociologie française, fondée par Émile Durkheim (sociologue français, 1858-1917) à la fin du 19e siècle. *La Dame aux camélias* correspond à certains critères du courant réaliste, puisque l'auteur livre une description précise du milieu mondain à Paris et des conditions de vie des courtisanes.

Une critique sociale

Dans *La Dame aux camélias*, Alexandre Dumas fils fait plus encore que décrire la vie des courtisanes et les milieux bourgeois de son époque. Il y a une véritable critique sociale qui traverse tout le livre. En premier lieu, l'auteur dénonce l'hypocrisie bourgeoise à l'encontre des femmes entretenues. Il le fait au début du livre en se moquant de la curiosité des femmes respectables, qui profitent de la mort de Marguerite Gautier et de la mise aux enchères de ses biens pour visiter son intérieur et en apprendre plus sur ces courtisanes qu'elles côtoient quotidiennement dans les théâtres et les opéras : « Celle chez qui je me trouvais était morte ; les femmes les plus vertueuses pouvaient donc pénétrer jusque dans sa chambre » (p21).

Plus loin, l'auteur continue sa critique à travers la scène du cimetière : il s'entretient avec le jardinier qui lui explique que des familles bourgeoises, apprenant que Marguerite Gautier était enterrée à côté de leurs aïeux, s'étaient plaints et avaient exigé le déplacement du cadavre. Le jardinier ne manque pas de préciser au narrateur que ces familles ne vont jamais se recueillir sur les tombes de leurs proches et ne les entretiennent pas.

À travers cette anecdote, c'est l'hypocrisie des valeurs bourgeoises qui est dénoncée. Toute l'histoire de Marguerite Gautier dans le roman sert aussi à réhabiliter l'image de la courtisane : Marguerite Gautier fait preuve d'une force morale et d'une générosité d'âme qui fait défaut à tous les personnages qui l'entourent : aux autres courtisanes, certes, mais aussi et surtout aux comtes, ducs, nobles et riches qui sont ses amants, à M. Duval, le père d'Armand, et à ses amis. Dans La Dame aux camélias, la courtisane a plus de vertus que les nobles qui achètent la jouissance de sa beauté, avant qu'elle ne vieillisse et soit abandonnée à son sort comme Prudence Duvernoy. Marguerite Gautier, toute courtisane qu'elle soit, est capable d'un amour profond et total. Plus encore, elle aspire au bonheur : le sien d'abord, mais aussi celui d'Armand et même celui de M. Duval et de sa fille, qu'elle ne connait pas. Ce bonheur lui est pourtant refusé, au nom des valeurs morales bourgeoises de respectabilité. Armand lui-même peine à la comprendre et à l'aimer, en raison de son passé sulfureux.

LA RÉCEPTION ET L'IMPACT DE L'ŒUVRE

Véritable succès à sa sortie, *La Dame aux camélias* a eu un impact important. Alexandre Dumas fils l'a aussitôt fait adapter au théâtre, mais elle a d'abord été censurée, car jugée comme immorale. Finalement, au profit d'un changement de ministre, elle est jouée pour la première fois en 1852 au théâtre Vaudeville. Elle rencontre un succès phénoménal, au point d'éclipser le livre. Le soir de la première, le compositeur italien Giuseppe Verdi (1813-1901) était présent. *La Dame aux camélias* l'a fortement inspiré, alors qu'il vivait lui aussi des amours jugées scandaleuses auxquelles son père tentait de s'opposer.

C'est en s'inspirant de *La Dame aux camélias* que Verdi compose son opéra célèbre, *La Traviata* en 1853. Par la suite, le roman sera très souvent adapté dans différentes formes artistiques. Au moins une quinzaine de films s'inspireront plus ou moins directement de l'œuvre à partir de 1907, avec la première adaptation au cinéma par Viggo Larsen, jusqu'à aujourd'hui (le film *Moulin Rouge*, de Baz Luhrman, sorti en 2001, est ainsi inspiré du roman). La pièce de théâtre a aussi été plusieurs fois réadaptée et plusieurs pièces de ballet ont été créées d'après le roman. Le personnage de Marguerite Gautier a eu un impact mondial puisqu'il a même inspiré certains tangos argentins comme *Margarita Gautier* ou *Margo*.

Malgré l'impact important du livre et sa réception enthousiaste au moment de sa parution, l'auteur de *La Dame aux camélias* a souvent été critiqué par ses contemporains. À une époque où le courant réaliste prédominait, beaucoup d'écrivains lui reprochaient son goût prononcé pour les bons mots, les traits d'esprit et les figures de style. Ainsi, Rémy de Gourmont (écrivain français, 1858-1915) écrivait en 1896 : « Alexandre Dumas fils n'est pas un grand écrivain » (p.270). Émile Zola commentait pour sa part en 1876 : « Je n'aime guère le talent de M. Alexandre Dumas fils. C'est un écrivain extrêmement surfait, de style médiocre et de conception rapetissée par les plus étranges théories. J'estime que la postérité lui sera dure » (*Œuvres complètes*, Vol. XII, p.627).

Au vu des très nombreuses adaptations de *La Dame aux camélias*, force est de constater qu'Emile Zola s'est trompé sur ce point. On peut supposer que certaines de ces critiques n'étaient pas seulement motivées par des raisons littéraires. Ainsi Léon Bloy (romancier et essayiste français, 1846-1917) déclara-t-il : « Ce mulâtre… fut un sot et un hypocrite » (p.270). Cette remarque ouvertement raciste (*mulâtre* étant un mot construit à partir de « mule » qui désignait

les personnes métisses pendant la période colo-
niale) renvoie aux origines d'Alexandre Dumas
fils. Comme son père, il était le descendant d'une
esclave de Saint-Domingue (l'actuelle Haïti, ancienne colonie française) qui avait eu un enfant
de son maitre.

PISTES DE RÉFLEXION

QUELQUES QUESTIONS POUR APPROFONDIR SA RÉFLEXION...

- Pourquoi peut-on dire que *La Dame aux camélias* se rattache au courant réaliste ?
- En quoi l'auteur prend-il le parti des courtisanes de son époque ?
- Qu'est-ce qui a motivé Armand à se séparer plusieurs fois de Marguerite Gautier ?
- Qu'est-ce qui a motivé Marguerite Gautier à quitter Armand ?
- Pourquoi Marguerite Gautier se distingue-t-elle des autres courtisanes ?
- Qu'est-ce que le personnage de Prudence Duvernoy nous apprend sur les conditions de vie des courtisanes ?
- Armand a-t-il tort d'être jaloux ?
- Qu'est-ce que le roman nous apprend sur la vie à Paris au milieu du XIXe siècle ?

Votre avis nous intéresse !
Laissez un commentaire sur le site de votre librairie en ligne
et partagez vos coups de cœur sur les réseaux sociaux !

POUR ALLER PLUS LOIN

ÉDITION DE RÉFÉRENCE

- DUMAS A. fils, *La Dame aux camélias*, Le Livre de poche, 1975.

ÉTUDES DE RÉFÉRENCE

- LIVIO, A. *Préface et commentaires* (inclus dans l'édition de référence) Le Livre de poche, 1975.

SOURCES COMPLÉMENTAIRES

- PRÉVOST, A.F. *Manon Lescaut*, 1731

ADAPTATIONS

- VERDI, G. *La Traviata*. 1853, opéra.
- DUMAS, A. *La Dame aux camélias*, 1852, pièce de théâtre.
- DE CECCATTY, R. *La Dame aux camélias*, 2000, pièce de théâtre.
- LARSEN, V. *La Dame aux camélias*, 1907, cinéma.
- CUKOR, G. *Le roman de Marguerite Gautier*, 1936, cinéma.

- SAUGET, H. *La Dame aux camélias*, 1957, ballet.
- LEFEBRE, J. *La Dame aux camélias*, 1980, ballet.

Retrouvez notre offre complète sur lePetitLittéraire.fr

- des fiches de lectures
- des commentaires littéraires
- des questionnaires de lecture
- des résumés

ANOUILH
- Antigone

AUSTEN
- Orgueil et Préjugés

BALZAC
- Eugénie Grandet
- Le Père Goriot
- Illusions perdues

BARJAVEL
- La Nuit des temps

BEAUMARCHAIS
- Le Mariage de Figaro

BECKETT
- En attendant Godot

BRETON
- Nadja

CAMUS
- La Peste
- Les Justes
- L'Étranger

CARRÈRE
- Limonov

CÉLINE
- Voyage au bout de la nuit

CERVANTÈS
- Don Quichotte de la Manche

CHATEAUBRIAND
- Mémoires d'outre-tombe

CHODERLOS DE LACLOS
- Les Liaisons dangereuses

CHRÉTIEN DE TROYES
- Yvain ou le Chevalier au lion

CHRISTIE
- Dix Petits Nègres

CLAUDEL
- La Petite Fille de Monsieur Linh
- Le Rapport de Brodeck

COELHO
- L'Alchimiste

CONAN DOYLE
- Le Chien des Baskerville

DAI SIJIE
- Balzac et la Petite Tailleuse chinoise

DE GAULLE
- Mémoires de guerre III. Le Salut. 1944-1946

DE VIGAN
- No et moi

DICKER
- La Vérité sur l'affaire Harry Quebert

DIDEROT
- Supplément au Voyage de Bougainville

DUMAS
- Les Trois
  Mousquetaires

ÉNARD
- Parlez-leur
  de batailles,
  de rois et
  d'éléphants

FERRARI
- Le Sermon sur la
  chute de Rome

FLAUBERT
- Madame Bovary

FRANK
- Journal
  d'Anne Frank

FRED VARGAS
- Pars vite et
  reviens tard

GARY
- La Vie devant soi

GAUDÉ
- La Mort du
  roi Tsongor
- Le Soleil des
  Scorta

GAUTIER
- La Morte
  amoureuse
- Le Capitaine
  Fracasse

GAVALDA
- 35 kilos d'espoir

GIDE
- Les
  Faux-Monnayeurs

GIONO
- Le Grand
  Troupeau
- Le Hussard
  sur le toit

GIRAUDOUX
- La guerre de
  Troie
  n'aura pas lieu

GOLDING
- Sa Majesté des
  Mouches

GRIMBERT
- Un secret

HEMINGWAY
- Le Vieil Homme
  et la Mer

HESSEL
- Indignez-vous !

HOMÈRE
- L'Odyssée

HUGO
- Le Dernier Jour
  d'un condamné
- Les Misérables
- Notre-Dame
  de Paris

HUXLEY
- Le Meilleur
  des mondes

IONESCO
- Rhinocéros
- La Cantatrice
  chauve

JARY
- Ubu roi

JENNI
- L'Art français
  de la guerre

JOFFO
- Un sac de billes

KAFKA
- La Métamorphose

KEROUAC
- Sur la route

KESSEL
- Le Lion

LARSSON
- Millenium 1. Les
  hommes qui
  n'aimaient pas
  les femmes

LE CLÉZIO
- Mondo

LEVI
- Si c'est un
  homme

LEVY
- Et si c'était vrai...

MAALOUF
- Léon l'Africain

MALRAUX
- La Condition
  humaine

MARIVAUX
- La Double
  Inconstance
- Le Jeu de l'amour
  et du hasard

MARTINEZ
- Du domaine
  des murmures

MAUPASSANT
- Boule de suif
- Le Horla
- Une vie

MAURIAC
- Le Nœud
  de vipères

MAURIAC
- Le Sagouin

MÉRIMÉE
- Tamango
- Colomba

MERLE
- La mort est
  mon métier

MOLIÈRE
- Le Misanthrope
- L'Avare
- Le Bourgeois
  gentilhomme

MONTAIGNE
- Essais

MORPURGO
- Le Roi Arthur

MUSSET
- Lorenzaccio

MUSSO
- Que serais-je
  sans toi ?

NOTHOMB
- Stupeur et
  Tremblements

ORWELL
- La Ferme
  des animaux
- 1984

PAGNOL
- La Gloire de
  mon père

PANCOL
- Les Yeux jaunes
  des crocodiles

PASCAL
- Pensées

PENNAC
- Au bonheur
  des ogres

POE
- La Chute de la
  maison Usher

PROUST
- Du côté de
  chez Swann

QUENEAU
- Zazie dans
  le métro

QUIGNARD
- Tous les matins
  du monde

RABELAIS
- Gargantua

RACINE
- Andromaque
- Britannicus
- Phèdre

ROUSSEAU
- Confessions

ROSTAND
- Cyrano de
  Bergerac

ROWLING
- Harry Potter à
  l'école des sor-
  ciers

SAINT-EXUPÉRY
- Le Petit Prince
- Vol de nuit

SARTRE
- Huis clos
- La Nausée
- Les Mouches

SCHLINK
- Le Liseur

SCHMITT
- La Part de l'autre
- Oscar et la
  Dame rose

SEPULVEDA
- Le Vieux qui
  lisait des romans
  d'amour

SHAKESPEARE
- Roméo et Juliette

SIMENON
- Le Chien jaune

STEEMAN
- L'Assassin
  habite au 21

STEINBECK
- Des souris et
  des hommes

STENDHAL
- Le Rouge et
  le Noir

STEVENSON
- L'Île au trésor

SÜSKIND
- Le Parfum

TOLSTOÏ
- Anna Karénine

TOURNIER
- Vendredi ou
  la Vie sauvage

TOUSSAINT
- Fuir

UHLMAN
- L'Ami retrouvé

VERNE
- Le Tour
  du monde
  en 80 jours
- Vingt mille
  lieues sous
  les mers
- Voyage au
  centre de
  la terre

VIAN
- L'Écume des jours

VOLTAIRE
- Candide

WELLS
- La Guerre des
  mondes

YOURCENAR
- Mémoires
  d'Hadrien

ZOLA
- Au bonheur
  des dames
- L'Assommoir
- Germinal

ZWEIG
- Le Joueur
  d'échecs

L'éditeur veille à la fiabilité des informations publiées, lesquelles ne pourraient toutefois engager sa responsabilité.

www.lepetitlitteraire.fr

ISBN version numérique : 9782808014878
ISBN version papier : 9782808014885
Dépôt légal : D/2018/12603/504

Conception numérique : Primento,
le partenaire numérique des éditeurs.

Ce titre a été réalisé avec le soutien de la Fédération Wallonie-Bruxelles, Service général des Lettres et du Livre.